LETTRE

adressée

A UN DE MES AMIS,

FRANÇAIS D'ORIGINE,

Résidant actuellement en Angleterre,

SUIVIE

DE REMARQUES ET DE SA RÉPONSE.

Vitam impendere Vero.

J.-J. ROUSSEAU.

ARRAS,

IMPRIMERIE DE JEAN DEGEORGE,

RUE DU BLOC, N° 88.

—

1837.

Pour toujours avec vous , prolétaires malheureux
Malgré tous les dangers que je puis encourir,
Je vais mettre au grand jour des dessins ténébreux :
L'égoïste odieux n'aura plus qu'à rougir.

Miraumont, ce 25 Janvier 1857.

Mon cher Baltazard,

Quand je vous envoyai ma dernière brochure adressée aux habitants de Miraumont, j'étais loin de penser aux contrariants incidents qui, depuis ce tems, sont venus fondre sur moi à l'improviste. Alors nous allions nous trouver à même de secourir nos indigents malheureux.

Selon l'avis du préfet : *base de l'ordonnance royale*, Miraumont devait, non-seulement être réintégré dans tous les biens de sa maladrerie, (à dater du 1er janvier 1856), mais l'hospice d'Albert devait en sus lui tenir compte de trois années de fermage de sesdits biens formant une somme de six mille sept cent soixante-huit francs, de manière qu'au 1er janvier 1857 Miraumont ayant eu une année de redevance échue à toucher de deux mille deux cent cinquante-six francs, allait se trouver avoir à sa disposition une somme de 9,024 fr.

J'étais heureux enfin, malgré tous les dangers courus dans une traversée pénible, je me voyais dans le port. Nos pauvres allaient être secourus en attendant qu'une maison hospitalière leur fût ouverte, ce qui pouvait avoir lieu après l'intervalle de cinq à six années; cette perspective était pour moi le bien suprême.

Par une lettre venue avec l'ordonnance royale réintégrant Miraumont dans les biens de sa maladrerie, le préfet invitait M. le maire à lui envoyer, *sous le plus bref délai*, une liste de dix candidats pour la formation d'un bureau de charité. M. le maire se rendant à son invitation, lui envoya cette liste aussitôt. On ne me la communiqua pas, je n'en fus point étonné car nos messieurs ne m'ont jamais accoutumé à cette sorte de déférence, mais on m'assura que mon nom y était porté.

Peu de temps après l'arrivée de l'ordonnance royale à Miraumont, il m'avait été rapporté qu'un conciliabule triumviral (1) s'était tenu à Péronne sur mon chapitre et que là mon élimination comme membre de la nouvelle administration y avait été formellement arrêtée. Je n'en voulus rien croire, tant cela me parut absurbe, et je répondis à la personne qui m'apportait cette nouvelle, qu'une telle détermination de la part du préfet était moralement impossible, que par un tel abus de pouvoir, il oublierait et ses devoirs et toutes convenances ; qu'enfin malgré toute l'envie qu'il pourrait avoir d'en agir ainsi, il ne le ferait certainement pas. Ce rapport était cependant exact, l'hypocrisie et l'intrigue étaient parvenues à étouffer et raison et convenances. M. Langlet, curé de Miraumont, devait occuper ma place. (2)

Dans notre belle patrie, on dit depuis long-temps que le mot impossible doit-être rayé du dictionnaire français, je le veux bien, pour les faits glorieux et héroïques; mais je nie qu'il en soit de même, d'après ce qui se passe, quant aux actions ignobles et indélicates.

Que je vous dise maintenant comment je me suis attiré la colère du préfet.

Je gémissais depuis nombre d'années sous le fardeau des lenteurs de sa justice. J'ai osé en porter plainte en haut lieu, là, ma voix quoique faible, a été entendue favorablement; des reproches, sans doute, en seront descendus chez M. Charles Dunoyer, *indè ira*. Pauvre homme ! occuper un rang si élevé dans la société et savoir si peu maîtriser ses passions ! Ah! pourquoi donc tant de sagesse et d'équité sur le trône et tant de petitesse et de pauvreté ailleurs ? cela fait vraiment pitié !

M. le Préfet, comme on le voit, a voulu se venger de mon *audace* ; mais il a totalement manqué son coup. Ce n'est pas sur moi qu'est retombée sa vengeance; c'est uniquement sur les pauvres de Miraumont, qu'il rend orphelins, sur ceux enfin dont son premier devoir serait d'en révendiquer le protectorat. . . . .

Pour moi, grâce à Dieu, je ne crains point ses atteintes ; j'espère n'avoir jamais rien à lui demander pour mon compte, et si je l'ai quelquefois approché, il peut bien se souvenir que ce fut toujours dans l'intérêt des malheureux, et que si mes expressions ont manqué parfois de mesures à son égard, il n'en doit la rudesse qu'à sa trop évidente partialité !

Ah ! mon ami, que malgré mes tribulations domestiques je me trouve encore heureux de ne pas dépendre de pareils êtres ! mon morceau de pain, s'il me venait d'eux, me semblerait plus amer que la cendre.

Diogène n'a-t-il point dit au vainqueur de Darius et de Porus, qui était venu à son tonneau lui offrir un rang et des honneurs à sa cour : *Tire-toi de mon soleil, est toute la grâce que je te demande.* Eh ! bien moi aussi, sans vouloir me comparer à ce philosophe cynique, dans le même cas, je ne balancerais pas à faire la même réponse au Préfet Dunoyer......

Il faut que je vous apprenne aussi que le jour où on sut à Miraumont mon exclusion, c'en fut un de fête et de jubilation parmi toute notre aristocratie locale : au presbytère (3) surtout il y eut gala, car on savait cette nouvelle à l'avance, aussi le pétillant champagne n'y fut point épargné et de nombreux toasts y furent portés à l'honneur du Préfet qui les avait délivrés de mon fatigant contrôle.

Le lendemain, le nouveau corps constitué s'assembla et le premier acte qui sortit de sa première gestion, en fut un de gaspillage et de dilapidation. On nomma un receveur et on confia ainsi à des mains *avides et mercenaires* une recette que j'avais demandé à faire gratuitement.

Dans la même séance on nomma aussi une commission composée de deux personnes, dont les noms sont MM. Colle et Carton, nouveau receveur ; par leur commission ces Messieurs étaient chargés de se rendre à Albert pour y faire la levée des titres et papiers concernant les biens recouvrés, comme aussi d'y agiter la question de la remise par l'hospice de trois années de fermage; ainsi que le porte l'avis du Préfet, *base de l'ordonnance*.

La besogne était agréable et facile, du moins on le croyait ainsi; aussi fut-elle acceptée avec zèle et empressement. Car dès le jour suivant, ces Messieurs se trouvaient face à face avec Messieurs les administrateurs de l'hôpital d'Albert.

Mais quelle ne fut point leur surprise quand ayant communiqué le sujet de leur message : il leur fut répondu qu'on avait bien connaissance de l'ordonnance royale qui réintègre Miraumont dans les biens de sa maladrerie, mais qu'on n'avait point celle que l'hospice d'Albert dût faire à Miraumont une remise de trois années de fermage. Nos commissaires ébahis, trouvant cependant cette assertion très péremptoire et sans répliques, par conséquent n'essayant pas de la combattre, se retirèrent sans dire mot : seulement en sortant, ce risible colloque leur vint à la pensée (tant le Français sait conserver sa gaîté même au milieu de ses désastres.) L'un dit à l'autre : — « *Eh bien ! comment trouvez-vous le verre d'absinthe que MM. d'Albert viennent de nous donner.* » — « *A vous dire vrai , répondit le compagnon , je le trouve plus fermant qu'apéritif, mais n'importe, il est l'heure de dîner , allons-y, peut-être que l'appétit nous viendra en mangeant.* »

Vous croyez peut-être qu'au rapport de cette fâcheuse nouvelle, nos modernes gérans s'émurent et se préparèrent à donner un démenti à messieurs les Albertins. Point du tout : ainsi que leur commission, ils trouvèrent que les dires des administrateurs de l'hôpital d'Albert étaient les colonnes d'Hercule, qu'il serait téméraire de vouloir franchir, et tout finit là. Eh bien! croyez vous maintenant que messieurs d'Albert n'ont pas le temps de rire avec de tels adversaires ?

Mon ami, non, vous ne vous ferez jamais d'idée du sentiment pénible que j'éprouve en voyant ainsi gaspiller un bien que j'ai eu tant de mal à repêcher! neuf mille vingt-quatre fr. sont perdus aujourd'hui.

Mais que leur importe à eux qui ne firent jamais ni frais, ni démarche pour le ressaisir : en sont-ils moins aujourd'hui les dispensateurs et les maîtres ? non ! Serait-ce m'écarter des bornes de la vraisemblance que de comparer cette commission à la fausse mère du jugement de Salomon, je ne le pense pas ; en effet, cette marâtre se souciait peu que l'enfant fut occis et mis en pièce, pourvu que sa jalouse et féroce passion eût été satisfaite. De même eux, que leur importe la perte de cette somme tout considérable quelle puisse être, si comme elle ils pouvaient atteindre le but qu'ils se proposent. D'ailleurs, débarrassés de moi, cette perte est déjà à peu près compensée.

Maintenant je vais vous faire connaître les desseins ultérieurs de mes adversaires. D'abord ils ne veulent point d'hôpital, du moins pour la plupart, parce que l'entretien de cette sorte d'établissement, ne laisse point assez de pâture à leur égoïsme individuel ; mieux ils aiment celui d'un bureau de charité, et en cela voilà du moins les vues de certains d'entre eux.

L'an prochain les baux de toutes les terres de la Maladrerie devront être renouvelés. Ces terres, les plus proches parents (4) des administrateurs, les occupent depuis un tems immémorial ; ils les ont à si bas prix, que celles voisines sont louées le double. Ils les réobtiendront encore au même taux si le mode de location n'est pas changé. Ces biens sont affermés en quatre lots, c'est-à-dire, presqu'en masse ; par ce moyen, les particuliers amateurs de quelques journaux n'ont que faire de s'y présenter, et aussi jamais de concurrence ; et vous sentez fort bien que ce mode là, leur est trop avantageux pour qu'ils s'avisent jamais de le changer (5).

Jugez, mon bon ami, jugez de ma souffrance à la vue de ce monopole dévorateur : mandez-moi par votre prochaine ce que vous pensez de ma singulière position.

Je vis au milieu d'une espèce de *peuplade*, qui volontiers pour toute ovation, me chasserait d'au milieu d'elle ; dites-moi, aurais-je tort de me comparer à cette active et vigilante abeille chassée de sa ruche, par de faméliques et paresseux frelons ! ! ! ! !   .   .   .   .   .

Ainsi que les harpies, dont Virgile a parlé :

Ces monstres ailés , repus de ses provisions ,

Ne lui laisseront plus, dans son champ ravagé :

Qu'un affligeant tableau de désolation !..

Adieu , cher Baltazard , écrivez-moi le plus tôt possible , vos nouvelles allégeront certainement le fardeau qui pèse si lourdement sur mon cœur.

Pour la vie, votre intime et dévoué

D.-J. DAMIEN.

REMARQUES.

(1) Noms et qualités des triumvirs. MM. Langlet, frères , l'un curé de Miraumont, l'autre doyen de Péronne, et F. Debry, sous préfet.

(2) Noms des membres composant l'administration du bureau de charité. MM. Constantin Langlet, curé ; Auguste Caffin ; Jean-Baptiste Letesse, adjoint, maire par intérim ; Jean-Baptiste Lecocq ; Marcelin Bellet et Thimothé Côté.

Il est bon de vous faire observer que des six personnages précités, il n'y eut que le dernier, quoi que tous membres du conseil municipal, qui voulût signer la pétition que je fis, il y a six ans, pour obtenir la réintégration de Miraumont dans les biens qui viennent de lui être restitués et que, s'ils n'ont pas protesté alors contre mon entreprise ce ne fut pas manque de bonne volonté.

(3) Voulez-vous maintenant connaître ce que M. le curé a fait pour mériter de présider la nouvelle commission, revoyez la préface de mon recueil et deux de mes brochures, l'une ayant pour titre appel à l'opinion publique et l'autre dite : discours adressé aux habitants de Miraumont.

Relisez la première toute entière , quant à la dernière il vous suffira de repasser la lettre qui lui est adressée, et vous jugerez s'il ne faut pas avoir oublié toute pudeur pour me remplacer par un pareil homme.

(4) Auguste Caffin, est le frère aîné de Pierre Joseph ; occupeur d'une grande partie des terres de l'hôpital , Auguste Caffin a toujours servi en

tout temps et en tous lieux, de Mentor et d'appui à son frère, et pour en donner la preuve, je l'ai vu moi, lors du passement de bail qui va finir, demander une diminution sur la partie de terre occupée par son frère, et l'obtenir.

Les neveux du sieur Jean-Baptiste Letesse, sont aussi occupeurs; et privés de père et de mère, M. Letesse leur en tient lieu aussi.

M. Coté Timothé et un de ses frères, occupent la dernière partie. Ce qu'il adviendra de tout cela peut fort bien se deviner, je pense.

(5) ÉTAT COMPARATIF DU REVENU POSSIBLE DANS LE BAIL PROCHAIN AVEC CELUI D'AUJOURD'HUI.

En affermant en détail, ce qui n'a jamais eu lieu jusqu'à présent, on est très fondé à espérer trente francs du journal de terre, l'une parmi l'autre attendu qu'à Miraumont même, il est bien reconnu qu'il s'en est loué 50 fr. qui ne vallent pas mieux que celles dont s'agit.

Moyennant 30 francs, on pourrait encore obtenir une année de pot-de-vin à répartir dans le bail, c'est-à-dire dans les neuf années, ce qui ferait 10 pour 9, et ce qui aurait pour résultat que 116 journaux loués 30 fr., donneraient un fermage annuel de 3,480 fr., et pour dix années, une somme de. . . . . 34,800 fr.

Tandis que celui actuel ne donnant que celle de 2,256 fr., ne peut produire qu'un total de 20,304 fr. pendant neuf ans, sur quoi une déduction à faire de 1450 fr. pour le salaire du receveur, il ne doit plus rester que celle de. . . . . . . 18,854 fr.

De manière qu'en renouvelant le bail comme par le passé, c'est-à-dire, sur l'ancien pied, dans la période de neuf an-nées on fera une perte de, ... 15,946 fr.

Et si on ajoute celle des 9,024 fr. si misérablement aban-donnée, on trouve qu'en neuf ans on aura perdu, à peu près de sa faute, l'énorme somme de. . . . . 24,970 fr.

Qu'en dites-vous, n'est-ce pas un joli début ?

Londres, ce 12 février 1837.

J'ai reçu votre lettre datée du 25 dernier, et je m'empresse d'y répondre.

Une maladie appelée la Grippe ou l'Influenza exerce ici ses ravages depuis environ six semaines. Dans ses commencements elle n'était point aussi meurtrière qu'elle l'est aujourd'hui ; j'eus le bonheur d'en être attaqué dans les premiers tems ; aussi ne tardais-je pas à m'en trouver débarrassé ! Mes affaires en souffrirent peu. Cette maladie est à présent si terrible et si mortifère, qu'on ne voit dans les rues de Londres que convois funèbres se croiser en tous sens ; ses coups tombent également sur le lord comme sur l'artisan. Dans le cimetière de Christchurck, qui est celui de la paroisse que j'habite, 44 personnes ont été inhumées dans une seule journée, il y a quelques jours.

Vous savez sans doute que le nombre des églises à Londres passe 150 et que chacune a son cimetière ; jugez du reste.

Je laisse ce tableau funèbre pour me rendre à votre invitation.

Mon excellent ami, pour qui ne vous connaît pas, qu'il lise vos lettres et il vous connaîtra.

Nous sommes à peu près d'âge, à cet âge on doit avoir appris à connaître les hommes : mais cette étude, à ce qu'il me paraît, vous l'avez bien négligée. Vous ne voyez jamais l'homme que comme il devrait être ; et rarement comme il est. De là viennent tous vos mécomptes.

Après avoir si bien réussi dans votre entreprise, vous pensiez tout bonnement qu'on allait vous donner carte blanche pour l'amener

à une fin prospère. Certes, vous mériteriez bien ce dégré de con_
fiance ; mais au milieu des êtres qui vous entourent et surtout con-
naissant leurs précédents , comment avez-vous pu y compter.

Croiriez vous, mon cher Damien, que votre mésaventure me fait
à moi grand plaisir? Oui, au lieu de m'en affliger , je m'en réjouis
sincèrement, je vous l'avoue. En effet dans· quel dédale tous vos
projets n'allaient-ils pas vous entraîner ! vous, humain et généreux,
en face d'hommes qui ne pensent qu'à eux; qui ne vivent que pour
eux. Qu'alliez-vous donc faire ! vous alliez passer vos vieux ans dans
un supplice continuel. Ah ! que ce revers là me plaît dans l'intérêt
de votre tranquillité ! il est bon d'aimer son prochain et de le servir,
mais votre abnégation au point, où vous la poussez , ne me tombe-
ra jamais sous le sens.

Quant à vos adversaires, non, je ne les conçois pas : je leur cherche
des pareils, et ne les trouve nulle part ; ils sont pour moi des êtres
énigmatiques et d'une barbarie toute neuve. Ils doivent vous aimer
et vous chérir ; ils vous détestent, ayant l'air de vous craindre : ils
auraient grand besoin de votre secours dans la circonstance actuelle:
ils vous fuient et vous dénigrent au lieu de vous rechercher.

Il paraît à peu près démontré que ces misérables n'agiront plus
désormais envers vous que sous la maligne influence de leur mons-
trueuse ingratitude. Eh ! bien alors évitez leur dégoûtant contact ;
laissez, laissez-les se vautrer et se complaire dans ce bourbier le plus
immonde : ils sont dans leur véritable élément. Pour vous, rentrez
dans votre intérieur accompagné du souvenir de vos bienfaits, alors
chacun de vous se retrouvera dans la sphère qui lui est propre. Vos
pauvres sauront bien que si vous n'avez point plus fait pour eux, ce
ne fut point votre faute, ainsi reposez-vous : vous avez assez fait.

J'aimerais assez à croire que vous fussiez encore parvenu à faire
rendre gorge des 9,024 fr. à MM. les Albertins : mais il vous faudrait
recommencer à lutter, et pour qui ?......
La comparaison que vous faites de la commission nouvelle avec

la fausse mère du jugement de Salomon, m'a paru frappante de justesse et d'application.

Adieu, mon digne ami, homme d'honneur et de franchise, que le Dieu bon, que le vrai Dieu, que le Dieu de *Marmontel* et de *Fénélon*, qui probablement n'est pas celui de certains de vos antagonistes (car eux ils savent s'en forger un qui leur soit plus commode), vous accorde des jours de paix et une vieillesse heureuse !

Puissent mes vœux monter au ciel et y être entendus ! Continuez-moi votre amitié, pour la mienne elle vous est acquise à jamais.

Tout à vous,

BALTHAZARD.

Comme Auteur, **D.-J. DAMIEN.**

Arras : imp. de J. Degeorge, rue du Bloc, n°. 88.